Pinkalicious

Escrito por
Victoria Kann y
Elizabeth Kann

Ilustrado por
Victoria Kann

Traducido por
Adriana Domínguez

rayo

Una rama de HarperCollinsPublishers

Era un día lluvioso y no se podía jugar afuera.

—¡Hagamos pastelitos! —dijo mamá—. ¿De qué color los quieres?

—¡Rosados! —le contesté—. ¡Rosados, rosados, *rosados*!

Mamá les añadió un poco de colorante rosado.
—¡Más! —le pedí—. ¡Más, más, **más**!

Comí unos cuantos mientras mamá y yo los glaseábamos.
Estaban tan sabrosos... ¡estaban ROSALICIOSOS! Le ofrecí uno
a mi hermanito Peter, pero él es muy caprichoso con la
comida y no lo quiso. Así que me lo comí yo.

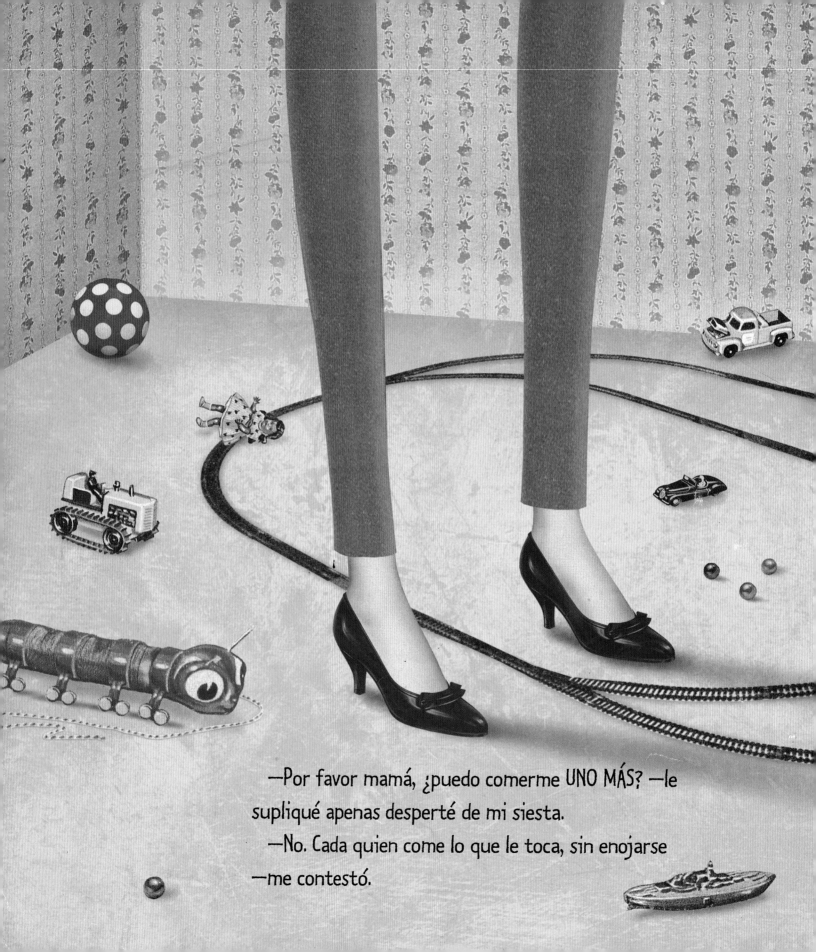

—Por favor mamá, ¿puedo comerme UNO MÁS? —le supliqué apenas desperté de mi siesta.

—No. Cada quien come lo que le toca, sin enojarse —me contestó.

Pero igual me enojé.

Después de la cena comí más pastelitos.
Luego no quise acostarme.

—Solo un pastelito más y me voy a
dormir —les prometí a mis padres.

Cansado, papá me regañó y dijo: —¡Ya has comido más que SUFICIENTES!

Al día siguiente, amanecí completamente
¡ROSADA! Mi cara lucía rosada, mis manos
lucían rosadas y mi pancita llevaba el
hermoso color del atardecer.

Papá pensó que me había manchado
con marcadores y me dio un baño.
Pero permanecí rosada.

Mi pelo era del color de un sorbete de frambuesa. Lloré de lo hermosa que me veía. Hasta las lágrimas me salían ROSADAS. Me puse mi vestido de princesa de hadas rosado y giré frente al espejo mientras Mamá corría a llamar al pediatra.

—¡Mírenme! ¡Soy la Hada Rosada! ¡Soy la Hada Rosada! —cantaba yo.

Mamá agarró su bolso.

—¡Solo un pastelito más! ¡POR FAVOR! ¡UNO SOLO! —grité mientras salíamos de casa. Mamá me llevó directamente al médico.

La Dra. Wink me examinó y dijo: —Tienes un caso muy raro y agudo de Rositis.

Creo que eso no es lo peor que me ha podido haber pasado.

¡Llámenme ROSALINDA!

Pero la Dra. Wink añadió: —Por la próxima semana, no podrás comer pastelitos rosados, algodón de azúcar rosado o mascar chicle rosado... —(¡NOOO!)—. Para que vuelvas a la normalidad, debes seguir un régimen estricto de comida verde. (¡PUAJ!)

Camino a casa, pasamos por el parque. Mi amiga Alison estaba allí,
pero no me vio porque yo estaba parada detrás de las peonías rosadas.
Mientras saludaba a Alison, una abeja se me posó en la nariz.
—¡Vete de aquí! ¡No soy una flor! —le grité.

De pronto, comenzaron a rodearme abejas, mariposas y pájaros.

—¡MAMÁ! ¡Llévame a casa! —le rogué.

Cuando nos marchamos del parque, le
pregunté a Mamá si podía comer otro
pastelito rosado cuando llegáramos a casa.

—¿No recuerdas lo que te dijo la doctora?
—contestó ella—. ¡NO MÁS PASTELITOS!

Peter me tiró de las coletas rosadas y
dijo: —Quisiera ser rosado como tú.

Él estaba verde de la envidia.

Esa noche, fingí que comía mi plato de verduras pastosas. Pero una vez que todos estaban dormidos, fui de escondidas a la cocina, me subí a una silla y en puntapie alcancé hasta encima del refrigerador, donde Mamá había escondido los pastelitos.

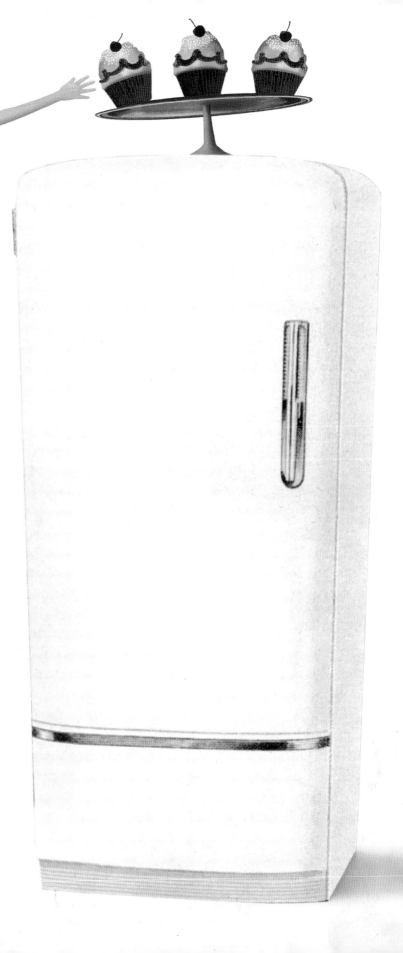

Tomé

solo un

pastelito

rosado

y me

lo comí.

Después

de comerlo,

lamí todo

el papel

rosado

que lo

rodeaba.

Cuando desperté al día siguiente, me sentí
rara. Corrí a mirarme al espejo y vi que tenía
el color rosado más oscuro que había visto
jamás. En realidad, ya no lucía rosada.

¡Lucía roja!

—¡Oh no! ¡ROJA, no! —exclamé.
No quería lucir roja. ¡NO debería haberme
comido ese pastelito rosado la noche anterior!
Quería volver a ser como era antes. Sabía lo
que tendría que hacer.

Abrí el refrigerador, me tapé la nariz, saqué una botella de salsa verde asquerosa, y me la vertí en la boca. Comí pepinillos y espinaca, aceitunas y quingombó. Me atraganté con alcachofas, comí uvas a arcadas y eructé repollitos de Bruselas.

Pronto, empecé a sentir cosquillas en los brazos, un hormigueo en las orejas y tirones en los pies.

Té verde

PEPINILLOS

GUISANTES VERDES
TU HOGAR

Ya no era roja. Ni rosada. Era yo misma, y era hermosa.

—¿Qué pasó con el resto de los pastelitos rosados, Pinkalicious? —preguntó papá.

Justo en ese momento entró Peter corriendo y gritando...

¡Qué ROSALICIOSOS!

A Jaison y Ashley
—E.K.

A Christina y Leigha
—V.K.

Y a nuestros padres, Patricia y Steve,
con agradecimiento especial a Jill.

¡Pastelitos para todos!

Rayo es una rama de HarperCollins Publishers.

Pinkalicious
Texto: © 2006 por Elizabeth Kann y Victoria Kann
Ilustraciones: © 2006 por Victoria Kann
Traducción: © 2011 por HarperCollins Publishers

Elaborado en China.

Library of Congress ha catalogado la edición en inglés.
ISBN 978-0-06-179959-4

Diseño del libro por Stephanie Bart-Horvath
13 14 15   SCP   10 9 8 7 6 5 4
❖
La edición original en inglés de este libro fue publicada por
HarperCollins Publishers en 2006.